KB079316

묘한 화원

외로움을 사 간 손님에게

좋은땅

묘-한 화원을 열면서

꽃을 제대로 키워 본 적도 없는 주인이
고양이와 함께하는
묘-한 화원입니다

글로 엮어 낸 다발을
등 뒤에 쥐고 선 쭈뼛거리던 시간이
얼마나 길었을까요

나비가 전해 준
꽃씨앗을 동봉한 흙냄새 나는 편지
그 편지를 받은 순간부터
꽃말을 생각했습니다

다 쓰기 나름인 꽃말을 가지고
가시를 치며 꽃대를 닦고
부드러운 리본으로
포장한 꽃다발을
끝끝내 당신 손에 쥐어 주려고요

묘-한 화원

[열림]

🐾 목차

사 간 사람이 없는
꽃말이 남습니다

그쪽은 가지치기할
화분들이에요

이토록 꽃을
사랑하는 사람은
지금 어디 있나요?

외로움을 사 간
사람에게

어서오세요

상사화

꽃대가 꽃만이 담을 수 있고
꽃대가 잎만이 안을 수 있어
어긋나게 지고 피는 것은
영영 만나지 못하는 것은
그런 존재가 또 있다는 것은
이미 피어나 있던 꽃이 말해 주는 사실
그러므로 나도 존재해도 된다고
영원의 부재를 약속하고 살아가는 안타까운 것에게
작은 위로를 받으며
나의 몸은 꼿꼿한 꽃대가 되어 본다
받쳐 줄 때는 잎사귀를 펼치고
피어 낼 때는 꽃을 피워 내는
곧이곧은 꽃대

나

특별하지도 않은데,

그렇다고 2개 있는 것도 아닌 한정판

우는 아기

꼴딱꼴딱 숨넘어가게
우는 아기 누가 달랠까요?

선선한 들바람이 달래나요
얼쩡이던 별빛이 달래나요

그늘진 방에는 우는 아기
울음소리만 먹먹하게
울려요

우는 아기 엄마 찾아
들바람이 불어요
별빛이 쏟아져요

우는 아기 엄마는 어디쯤, 어디쯤인가요

이슬

새벽에 맺히는 이슬 한 방울이
잎을 따라 떨어지기 전에
아침을 보았다

나뭇가지 위에 앉은 작은 참새가
한 번 짹짹거리더니
두어 번 고개를 기웃거리고선
후더덕 날아가 버렸고
이른 아침 출근하는 사람들의
낮은 등과
졸린 눈을 비비며 느적느적
잎을 먹는 달팽이를 보았다

이제 떨어질 참인 이슬은
아침을 맑게 머금고 그대로 땅으로 스며든다

매일 아침을 본 이슬이
땅으로 스며들면
아침을 머금은 땅을 밟고
세상이 움직인다

하늘을 위로 한 채
맑음을 머금은 땅이
조금은 힘들었을 지쳤을 너의 아침을
보았을 수도 있다

땅을 딛고 있는 모든 것들에
아침을
매일 담아내는 이슬은
너를 담을 때도 여전히 맑아서
힘들었던, 지쳤던 너의 아침을
모두 이해했을 것이다

그 이해를 또 땅이 품고
매일 땅을 딛고 사는 너, 너에게
어느 날은 응원을 보냈을 것이고
어느 날은 위로를 전했을 것이다
다 안다고 다 보았다고

쌍다리 밑 천변

산 높이 서 있는 우리 집을 샌들 신고
터덜터덜 내려오면
짧뚱한 다리 밑에
샐쭉한 새들이 다리 한 짝 들고 서 있는
천변이 하나 있었다
뙤약볕 밑에
불그스름 익은 아이들이 웃웃까지 적셔 가며
물놀이를 하고
물이 얕은 탓에 아이들에게도 쉬이
모습을 보이는 다슬기들은 속수무책으로 잡힌다
나도 질까 보냐 하며
첨벙첨벙 뛰어 들어가다가
벗겨져 버린 신발 한 짝,
어어 하고는 따라가 보아도
쉼 없이 흘러가는 물살을 어린아이가
이길 리가
그래도 그때는 잃어버린 신발 한 짝이
무슨 상관이었는가
물장난 치는 아이들에게
금세 휘말려 놀다가 집 가는 길

짝 발이어도

맴맴 매미소리 들으면서 모래 밟고 갔지

땅바닥에 난 조그만 발자국 한 짝

맴맴 소리 꾹꾹 눌러 밟으면서

집에 갔지

손에 올망지게 담아진 다슬기들은

제각기에 이름이 있었다

그때는 발바닥에 모래야 훌훌 털어 버리면 되고

천변에 흘려보낸 한 짝에 대해서는

미련이 없었으니까

그저 조그만 손에 쥐어진 다슬기를

사수하는 것에 열중하던 그때는

쓰잘데기 없는 것은 주워 오고

고놈의 신발 한 짝은 어따 팔아먹었냐며

화를 내는

할머니에 매서운 등 따귀가

고작 그런 것 따위가 가장 무서웠으니까

그러게 또 그 천변을

내려가고

내려가고 했겠지

무언가 잃어버리는 것은 두렵지가 않아서
잃더라도 손에 남은 무언가가 더 중요해서

나비

구부러진 꼬리를 살랑이며

비벼대던 나비를 기억한다

꼬리가 행여나 아플까 봐

부족한 두 손으로 널 꼭 안고

기도했어

나비 꼬리가 낫게 해 주세요

지금 생각해 보면 작은 내 품이

너는 정말로 따뜻했을까?

아니면 귀찮았을까?

걱정 섞인 사랑을

그때 너는 작은 사람에게 오롯이 전달받았는지

모를 일이다

그맘때처럼 티 없는 마음으로 누군가를

걱정해 본 게 언제인가

재 보지 않고 따뜻한 품을 기꺼이 건네는 일을

주저하지 않아 본 것은 언제인가

나비가 비벼대던 종아리 밑은

주황빛 털이 남겨져 있었다

종일 따라 붙어 있던 털에

작은 동물에게 받은 애정도 따라 붙어 있었다
그것 또한 하루에 받는 사랑의 누적이었던
그때에는
모름지기 나비도 내 사랑을 알아차렸겠거니

두 눈 뜨기도 바쁘고 두 눈 감기도 바쁜 요즘에도
누군가를 만나면 반갑다고 안아 주거나
조금만 좋아하는 사람을 봐도 방정 떨며
치대는 상황이
나비를 안으며 기도하는 작은 손에
들어 있던 티 없는 사랑의 순간
그런 것은 아닐지언정
지금도 고집스럽게 마음을 붙들고 있는
작은 사랑과 비슷한 꼴이다

누군가를 안았을 때 잠시 붙어 있던 체온이
그 사람의 하루에 따라다니며
여전히 사랑을 붙들고 있었으면
우연히 구부러져 있던 마음을

안아 주는 그런 사랑을 건넸으면 하는 바람으로

간간이 사랑을 하고 있는 요즘이다

softy

기차 칸이 움직이면서
보이는 풀들에 어깨동무 너머너머
적절하게 섞여 있는 하늘과 구름에 푸름
그 색들 어딘가에 하얀 새 한 마리,
속닥거리는 아이와 엄마
배가 고픈지 안 고픈지 묻는 대화의 글자들이
떠다녀
덜컹거리는 발밑으로
조금씩 맞닿아 있는 바짓가랑이들
목적지에 도착할 때쯤
기다리는 사람에게
손가락이 말하는 속도

하얀 새 한 마리가 날아가

철 따라 떠난 친구를 따라가려나
바쁘게 지나는 창문 속 풍경에

하얀 새는 저만치 멀어졌다가

적 시(赤時)

고로쇠나무가 사과를 품어 가는 달
고집스럽게 풀어 내린 머리칼이
하늘로 올랐다가
내려앉으면
금세 하늘이 저 위에

해가 점점 길어지고
하늘은 점점 빨개지고

한겨울

찬 손끝에 맺힌 고드름을
호호 떼 주는 한겨울

별처럼 따다가
쥐어 준 조약돌을

품에 꼭 안고선
새벽녘을 건넙니다

그리움에 당겨지는 별들이
고꾸라지는 새벽에

별자리의 이름을 지으면서
떠오르는 얼굴 하나

아름아름
손을 쥐었다 폈다

잡히는 차가운 겨울 공기는
손아귀 조약돌 온기에

소스라치게 놀라 저만치 도망가고

나는 별이 떨어진 자리를
찾고 찾아서
한 계절을 돌고 돌아
강물에 글썽이는 저 자리가
내가 찾는 별자리인가

손에 쥔 조약돌을
첨벙!

손끝이 괜히 시려워
호호 불다가
엉거주춤 팔짱을 끼고
새벽녘에서 아침으로
건너가는

하늘의 뒷모습

생이 그리워 떨어진 별이 없나

굽이굽이 살피세요

조약돌 하나가 강물에 빠지는
별이 되지 않게

내가 기억하는 죽은 이가
별이 되어서 여전히 반짝이게

아름아름
떠오르는 얼굴 하나
품에 꼭 안고서
새벽녘을 건너가
하늘에게 소원하는 한겨울

묘의 세계에선 화폐는 사랑입니다

델피니움

햇빛이 맑은 날에
높고 고동치는 하늘을 향해

우리는 같이 고개를 들었어
따가운 빛이 무거워도

우리는 같이 고개를 들었어
손을 뻗어 저기 구름에 걸칠까

휘휘 젓다가 어느새 여름 하늘색이
물들어 버렸지

지나가는 새가 실소를 하였고
우리는 마주 보며 그저 웃기 바빴어

그때에 지나간 여름 하늘에는
우리의 웃음이 한 아름 엮어져 있어

엮어져 있는 다발은 초록색 꽃대에
벅차게 수놓아져 있어

우연히 마주하는 푸른 델피니움을 보면
멈춰 서서 웃음을 지어

내 마음에 심어져 있는 여름 하늘색 델피니움이
춤을 추고 있어서야

많은 행복을 가진 꽃잎들이
반가워서 춤을 추고 있어서

하늘을 사랑하는 꽃 같은 웃음을 지어

4 × 10 = 인류

사랑이
사랑을 부르고
사랑이 모이면
사람들은 살아간다
사람들은
사랑을 가지고
사람을 사랑한다
사람들은
사랑을 담아내며
사람들은 그렇게
살아 낸다

빈＿＿＿칸

스페이스바 하나 둘 셋 넷
네 자리를 비워 두고
깜빡거리는 작대기가
재촉을 해요

빈＿＿＿칸을 입력하세요
지금 떠오르는 말을 입력하세요
벙긋대지도 못하는 입을 대신해서
손가락이 전하는 네 글자
가장 큰 의미를 안고 있어서
쉽사리 꺼내어 보지도 못하는 네 글자
타박타박 손가락은 잘만 써 내려가네요
[전송] 버튼을 누르고
울퉁불퉁한 하트 모양을 찾아보지만
보이지 않아서
다음 전송을 이어가진 않습니다

서투른 마음을 반듯한 하트가
대신할 수 없으니까요

이제 기다리는 시간이에요

당신의 빈____칸은 나와 같이 채워질까요?

아니면 머뭇대다가

어리숙한 웃음 모양 이모티콘을 보낼 것도 같아요

당신의 빈____칸의 갯수는 몇 개인가요?

95:5

우리는 보통 무언가에
도장을 찍어야 할 때
맞게 표기가 되었는지
내용이 합당한지
확인을 하고
도장을 꾹 찍잖아

너 50 나 50
온 힘을 다해 찍어서 씨빨갛게 남은 도장 자국은
그대로인데

나 50 너 50
거꾸로 말해도 똑같은 쉬운 비율이
그대로 적혀 있는데

맞잖아, 이거
50:50

근데 너 왜 지금 5도 안 되게
나를 사랑해?

계약위반이야

너

페널티는 영원히 우리라는 단어가

세상에서 없어지는 건데

아니 그냥 내가 95를 사랑하면 안 돼?

우리가 없으면 안 되니까

어긴 사람은 너인데

쩔쩔매는 내가 싫어서

파쇄기에 손을 넣어 버렸어

다시는 도장을 찍지 못하도록

손목으로 든 계약서를 펄럭이며

제대로 고쳐 쓴

나 95 너 5

그 숫자들이 삼킨 우리 지문 안에서

나를

5라도 사랑해 줘

그렇게 우리가 영원하도록

웅

끝이라고 하기엔
유순하디 유순한
웅
금방 내가 씹고 삼킨 말이
너무 떫어서
더 이상 이어가지 않았던
연락은
그렇게 연약한 선으로
– 끝을 적고 끝났다

일방적인 질문만으로 가득 찬
스크롤,
더 이상 내려가지 않는 창이
너에게로 가는 다리가 절단된 것만 같아
너를 향한 나의 관심 부족은
지우개를 찾는다
아직도 종종 보고 싶어
라고
비어진 채팅창에
끝을 박박 지우고

최선으로 눌러쓰면
자국이 남을까 봐서

기어코 끊어진 샤프심이
책상 밑으로 떨어지는데
어쩜, 그 밑으로 수그리면
끊어짐을 마주하잖아
작고 연약한 우리의 끝 같아서
유난히 천장을 많이 쳐다본 날에

종이배

종이배에 내 마음을 담아
강 위에 올려놓았습니다

흘러, 흘러 도착한 곳이
돌멩이 틈이라면

그 돌멩이는 마음이 있는
돌멩이가 되는 것이지요

종이배에 내 마음을 담아
강 위에 올려놓았습니다

흘러, 흘러 도착한 곳이
바다라면

이 바다는 내 마음의
바다가 되는 것이지요

내 마음이 무엇인지는
그날의 이끼가
피어나면
그날의 파도가
일렁이면

말 없는 대답을 해 주세요

나는 햇빛에 빛날 거고
나는 높게 부서져 올라
당신에게 닿을 것입니다

눈물 미식회

눈물을 삼키면
무슨 맛이려나요
오늘의 기분은 퍽퍽함이
주를 이루기 때문에
이왕이면
톡 쏘다 못해 아픈 탄산수 같으면 좋겠어요
꾹 참고 삼키는 것이니
그 정도를 바라는 것은
지나치지 않은 주문인가요

턱까지 꾹꾹 눌러 담았던 것이
넘치기 전까지
뼈를 방패 삼아 둥글게 굴리는 것에
참을 수 없는 쏟아짐을 음미하는
점심의 와해
그런 사그러짐을
느끼는 오늘
고집스럽게 꾹 닫은 입은 오늘도
쓰던 짜던 맵던 어쨌든
단 것은 아니었는데

뱉지 못하네요

슬퍼 슬프다 못해서
아프고 쓰라리고 팽배한 창자가
역류할 것 같아 하며
삼키는 글

무슨 맛이 느껴지나요?

새벽의 이름

무던히 생각을 지우고 하루를 지내다가
시큰해진 마음을 눌러도 보고
곱게 빛나는 애정을 오늘따라 유독 새파랬던
하늘색에 묻어도 본다
빽빽한 보도블록 틈을 비집고 자란 잔풀 가지처럼
꼿꼿하게 허리를 펴내어 일어나는 것은
네 생각이니까
죄 없는 풀을 툭툭 차 본다

뭐가 됐든 마음이 이따금 난리 치는 게
모두가 잠든 새벽이라 다행이지
대낮에 너를 풀어 놓으면
나는 굽이 굽은 부리가 있는 거처럼 보일거야
마음에 요철이라도 난 솜인형처럼 보일거야

하루 내내 부둥켜안았던 너에 대한 결핍이
야밤중에 방을 쓸어 낼 것처럼
거칠게 요동을 친다
새벽이라기에 다행이라면서 가슴을 쓸어내리고
지나가는 새벽에게 너의 이름을 쥐어 준다

아침이 되면 다시 괜찮아질 나에게
인사를 하고 다시 돌아올 너는 새벽이니까

톡톡 창문을 쳐서 아침을 불러낸 후에야
잠이 든다

길가에서

얇고 기다란 나뭇가지 같다고 생각했어
닿을 듯하지만 닿진 않았고
가냘프기 때문에 금세 부러지나 싶었지만
애초에 잡히지조차 않았으니까
잎사귀가 맺히지도 않은 빈 나뭇가지에
너를 걸어 봤어
실제로 닿진 않지만
어쩐지 마음 한 켠이
닿는 거 같은 생각을 말이야
너는 나한테 왜 그러는 걸까
나는 아직도 너를 좋아해
아직도 많이 보고싶어
라는 맹맹한 말들을 하면서
바람길 한 켠에 휘청이는
얇은 나뭇가지 하나 힘주어 붙잡고 있는
마음이
끝끝내
떨어지지도 않는구나

여름에 쓴 겨울

어느 시간 이후로는
나의 의지와 혹은 시간과 관계없이
아무 때나
발이 지나치지 못하는 눈길을 걷고 있었다

무더운 한 여름에도
아주 뜨거운 코코아를 마셔야 할 거 같은
엉뚱한 괴리감을 느꼈었다

그렇게 마음이 무슬슬해지면
코코아를 사서 걷다가
발밑을 안 보고 걷는 내가 여전히도 여전해서
무언가에 걸리긴 걸렸겠지

과거는 항상 걸릴 것 투성이니까

팔등에 와락
뜨거운 코코아를 엎어 버렸다

달디 달고 단 화상 자국

왜, 곧 겨울이 오면 말이야

눈이 곧 많이 많이 쌓여서 걷기 힘들 때

발밑을 보든 안 보든 온갖 힘을 꾹꾹 주어서 걷잖아

길을 만들어 내야 하니까

근데 그게 그 겨울에 시간이 쌓이면

그것도 우리라는 시간이 무참히도 쌓이면

사람도 마음에 지나다니면

여러 차례

체중을 실어 꾹꾹 밟고 지나갔으면,

어디 있는지 콕 집으라고 하면,

아무도 모르는 마음이라는 곳에도

티 나게 패어 있는 길이 생겨 버릴 수도 있잖아

그러니까 내가 길다면 길고 짧다면 짧은 그 길을

눈은 물이니까

한여름을 잠시도 버틸 수 없는데

선명하게 존재하는 눈들이

붙들고 있던

그 길을

걷게 되는 것도

당연한 일이지 않았을까 싶어

또

여름과 겨울 사이에 한 개의 계

그 시에도 잠시 너를 앓다가

코코아를 엎은 팔등이 빨개질 것 같으면

조금 더 두툼한 옷을 꺼낼 때가 왔나 보다 싶은

나만이 아는 계절의 친절함

그것을 알려준

너에게 고맙다는 말을

이 글 말미에

전해

그림자 피하기

빛은 때때로 옆에 두기 불편한 것이다
그림자가 드리우는 게 싫은 쪽은
빛으로 숨어 버리지만
남은 어둠이 쾨쾨한 우울을
풍길 때 그림자들은
달리 건져 낼 방법도 없다
찰나에 빗금 치는 어둠들도
사실은 그의 우울이겠거니
저 혼자 반짝이는 것은
조금의 어둠도 이해하지 못하고
눈치 없이 자리만 옮길 뿐이다
시간에 맞춰 조금이나마 빛에 걸쳐져 있는
사람들이 어둠이 싫어 잠을 청한다

빛을 지나쳐 달밤, 달빛 드리운 창틀에
그림자
그것은 꼭 우울이다
호수같이 잔잔한 달빛은 인자하지만
새벽을 등지고 우울을 맞댄 그는
더 이상 한 치의 어둠도 못 견디는지

뜬 눈으로 빛이 일어나는 것을 바라본다
결국 그 자리는 또 어둠이지만
일렁이는 빛에 손을 뻗기엔 자신이
사라질까 두려워 손 내밀지 못하고
시간에 맞춰 길어지는 어둠이 된다

기쁘거나 불행하거나 사랑의 단위는 트랜잭션

사람이 마음을 써서 사랑을 하다 보면
예기치 않은 사고가 때때로 일어난다
치료가 시급한 마음에는 복합적인 장애가 발생하며,
불구상태의 판단은 쉬이 내리지 못하고
예고 없는 자가회복이 시작된다
그것이 사랑을 겪는 이들의 반복이다

마치 트랜잭션처럼
관계에 장애가 생겨 잠시 이어짐의 결괏값은 사라져도
사랑에 관한 데이터베이스는 영영 남아 있는
마음과 영혼 그 사이 어딘가에 트랜잭션

이와 같은 사랑의 영속성 혹은 연속성이

이어지지 않았던 저 방대한 세상을 지배하는
하나의 커다란 원이며
인류에게서 뺏어갈 수 없는 무한한 단위
그렇기에 쉴 새 없이 사고가 난다
그렇기에 멀리서 보면 지구가 뜨거워 보일 것 같아
숨을 쉬듯이 우리는 사랑하고

꼭 원을 그리는
사고의 현장에는 꼭 하트를 그리는
둥글고 새빨간 세상을 사는 것이
기쁘면서도 불행하다

그릭 요거트와 그래놀라

고집스러운 물음에도
줄곧 답이 없어서
애 먼 숟가락으로 시리얼 그릇을 둥글게 굴린다

유통기한이 2일 지난 그릭 요거트
물이 생겨 몇 번은 저어 먹어야 해

시리얼 그릇에 옮겨 담아서
좋아하는 그래놀라를 우수수 쏟았다
좋아하는 그래놀라가 눅눅해지면
대답도 녹아들기를 바라면서

빤히 쳐다보는 네 얼굴에
사실 뭐라고 하면 좋을지 모르겠어
이러지도 저러지도 못하는 너와 나의 거리가
어쩔 줄 몰라 하는 그런,
숟가락의 움직임인가 싶어
그마저도 대답이라면
유통기한이 이미 지난 그릭 요거트와
눅눅해진 그래놀라 같기도 하고

숟가락으로 빈 그릇을 딱딱 치는 것이
무슨 의미이게?

아, 말하기가 힘들어 입 밖으로 못 내겠으니까
나 안 좋아해, 너
아니,, 모르겠다

그릇을 대신 몇 번 쳐서 네가 알아듣는다면
그래서 내 눈을 마주친다면 빈 시리얼 그릇에
긁어먹은 그릭 요거트 자국과
자잘한 시리얼 조각에 대한
적절한 대답을 하고선 다시
서로의 시선은 부서지겠지

마음에 물이 고여 층이 생긴 날
냉장고에 넣기 전 그릭 요거트를
한 번 둥글게 저어 봤던 것을 떠올리며
당최 섞이지 않는 관계에 유통기한을 가늠해 본다

사간사람이 없는 꽃말이 남습니다

천일홍

가만가만 서서
내 말 좀 들어봐요
낮고 침묵하는 사랑이
여기 있어요
밤에 꿈을 꾸듯
가만히 읊조리는 사랑이
발치에 환하게 피어났어요
나는 한자리에 천일 동안
머물러 서서
바라볼 텐데
당신을 얼마나 곁에 있어 주실런지요
하루가 됐던 일 년이 됐던
피어난 나를 좀 봐 주세요
당신을 천일 동안이나 쉬지 않고
사랑할 나는 여기 있어요

한붓그리기로 그린 고양이들

우리는 서로 다르지만,
서로 사랑할 거야
함께 이어져 있는 그대로
발맞춰 걷는 게 어때?
세상은 많이 어지러워서
서로를 잃어버리기에 쉬우니까
똑같은 길에 발자국을 남기자

털복숭이를 얼마나 사랑하는가?

눈을 가만가만 감고서
몇 차례 쓰다듬다가 말다가
뭐 하나 걸리지 않는 복실한 것
살짝 미끄러지면 차갑고도 축축한 것
고개를 숙여 얼굴을 파묻으면
들쑥날쑥 고개가 신이 나는 것
그대로 하루종일 움직이고 싶지 않은
찌뿌둥한 몸을 일으켜 기재기를 켜면
못 이기는 듯 고개를 들어 아쉬움을
잔뜩 묻힌 꽁무니를 바라보는 것
느리지도 빠르지도 않으면서 조용한
발소리를 따라가는 것
멈춘 자리 그 앞에
쪼그려 앉아 결국 너를 귀찮게 하는
손만 맞닿아 있어도 너를 사랑하는 그런 것

향(香)

연기가 피어오른다
지나간 이에 향이
피어오르고 있다
따라갈 수 없을지언정
연기가 마음에 베이게끔
숨을 깊게 들이마신다
지나간 이를 그리워한다는 것은
어둡고 깊은 감정을 관통한다
그렇지만 그 어둡고 깊음 속엔
사랑이 더욱 더 진하게 새겨 있다

더 이상 영영 보지 못하는 이를
그리워하는 것은
시간이라는 눈발이 휘날리면
세월이 두터워짐에 따라 어느 순간
눈 속에 파묻힐 것이다
또 세월이 지나고
나도 지나간 이가 되어 갈 때
마음속에 뼈가 드러날 때
그 눈 속에 그리움도 다 드러나겠지

나의 향을 피울 때
나의 연기도 누군가에게
배기고
나를 그리워함도 누군가의 눈밭에
묻히려나

그래, 나도 누군가에게 사랑이려나

진부한 소재여서 골타분하겠지만

골타분한 생각들을
좋아한다
사랑이라는 것은 참으로
골타분하며, 곰팡스러운 것
애정이라는 것도
마음을 주억거리게 하면서
또 골타분하다

어쩌면 세상이 천천히 돌아가다가
이어지는 가지에 잎 하나가
너와 나일 수도 있겠다고 바라는 것

햇빛을 보며 시간을 먹는 것을
같이 하고 있다는 사실이
변하지 않음에
나는 그것이 골타분하다고 생각해

창밖엔 애정하는 초록색이 무수하고
쏟아지는 햇빛에 빛나는 조약돌들,
알알이 지나치지 않는 따사로움이

변하지 않을 거 같아서

나는 그래서

너와 여전히 이어지고 싶다 하며

골타분한 생각을 하고

골타분한 시간을 보내고 있어

은방울꽃

내가 태어난 달
소리 없는 작은 종들이
행복을 울리고 있어
작고 작은 꽃잎들이
가늠할 수 없는 크기의
행복을 울리고 있어

자, 들어봐
봄바람이 불어서
딸랑대는 꽃잎을 타고
행복이 불고 있어
너에게도 행복이 들리려나

내가 태어난 달
소리 없는 작은 종들을 빌어
너에게도 행복을 울리려고 해
머리 위로 맑은 울림이 들리면
하얀 미소를 지어 주겠니?
이 5월에,
하얀 이를 드러내며 웃어대는 꽃잎이

행복을 붙들고 피어나면

내가 너를 기억하고 싶어서

그쪽은 가지치기할 화분들이에요

벚꽃

빽빽한 잔가지들 사이로
자잘한 흠들이 눈에 띄었다

무엇이 비밀이라도 되는지
그것들은 온기 사이로
슬금슬금 고개를 내밀어서
한껏 피워 내면

미적미적한 바람을 맞아 내다가
눈 깜짝할 새에
꽃눈깨비가 되어선
발치에 한가득 쌓이곤 했다

위를 올려보니
조금은 앙상하고 어수선한
잔가지들이 있었다
맑은 개울에 비친 제 모습이
초라해 보였던지
꽤나 불쌍하다 싶었다

우수수 떨어지는 시간만큼이나

그 온기는 순식간에

돌아와서

엇지나듯 스쳐가는 시간 속에

_____

_____

생기는 나이테는

저 어수선한 나무만 생기는 것이 아니었다

발치에 꽃잎을 새던

어린 나의 모습부터

떨어진 잎을

무심히 밟고 지나갈 무렵까지

내 나이테도

끊임없이 생겨났고 어느새

저만치 견고해 보이기도 했다

그렇게 스치듯
지나온 시간 속에서 생겨난 나의 흠들은
덜 익은 분홍색으로
매년
또 다른 온기를
또 다른 숨을 담아내 왔을 것이다

시린 추위를 어렵게 보내며
잠깐은 어수선하고 앙상한 가지일지언정
비어 있는 꽃의 자리는
무수히, 무수히도 피어 낼
당신의 시간들일지도 모르겠다

까만 고양이는

까만 고양이는 길을 잃어서
집을 찾아 이리저리
투욱투욱 발에 치이는 돌도 모른 채
참 외롭게 말이야

까만 고양이는 길을 잃은 게 아니야
집을 찾아 이리저리
툭툭 치인 돌들이 튀어
밤하늘에 떠올랐어

어둡고 까마득한 까만색
노랗고 둥그런 문고리가 달린
까만 고양이의 집이지

까만 고양이는 밤하늘 별을
발자국 삼아 이리저리
가다가, 가다가

제 어미를 만날거야

한해살이

엇나가지 않도록 무던히도 애를 썼고
그 비틀거린 자국은 잎사귀가 되었어
올곧게 서 있어도 언제 져 버릴까
불안한 마음에 계속 바라보았지만

이내 활짝 피어 낸 꽃을 꺾어
불안함을 없애는 일

숲에 숨어

계걸스럽게 떨어진
먹이를 먹어대는 이들
지독하게 감도는 나프탈렌 냄새
먹이를 주고받는 다리 사이로
움추린 속내는 누구에게 이야기할 것인가
허겁지겁 먹으니 체하는 이들이 숱하고

궁핍한 자가 누구인지는 모르겠다

현대에는 연민이라는 글자가 잘 써지지 않는다

숲에 숨어
나는 아닌 척
야금야금 손에 쥐어 가는
나의 몫
바닥 가까이 숨겨 놓은
나의 몫
워낙 지독한 세상이기에
좀처럼 썩지 않는
나의 몫

두꺼비 집

새 집을 주지 않아도 돼요
주먹 쥔 손에 걱정을
잠시 맡아 주시겠어요?

헌 집이 된다 해도 걱정마요
금세 모래를 덮어
새 집을 지어 줄게요

걱정이라면

반대편에서도
주먹 쥔 손이 들어와
마주잡는다면 그때
모두 가져갈게요

화관

그러지 마

꽃 풀 엮어 화관을 만들어 준다는
쾌청한 말과 목소리를
이내 죽여 버린다

생각을 이고 지는 머리위에
살겠다는 걸
얹어서 무엇을 한다고
그냥 둬도
이쁜 것을
눈에 담아야지

꺾으면 아프잖아
아프면 이뻐도 소용이 없어
아픈 건 이뻐도 이쁘지 않게 돼
마르고 썩어서 사라지니까
그러지 마 그냥 둬

꽃의 언어

어둠이 오면
꽃들은 고개를 숙여요

푹 숙인 고개를
바람 따라 고개를 젓다가

아침이 오면
꽃들도 고개를 들어요

들꽃마저 향기로운
꽃말을 지니고

스쳐가는 이들에게
말을 건넵니다

어쩌면 전했을지도 모를
꽃의 언어는

그 아침에 그들의
얼굴을 활짝 피워 냅니다

꽃의 언어는
듣지 못하는 속삭임
보지 못하는 편지인가 봐요

생의 춤

저무는 해와 저무는 달과

인사하는 아침과 작별하는 아침

흩어지는 밤과 흩어지는 밤

오르골이 감겨 있는 만큼 생의 노래가 흐른다

쉼 없는 노래에 맞춰

우리는 우리대로 춤을 추고

나는 나대로 춤을 추고

너는 너대로 춤을 추고

빨라졌다가 느려졌다가 알 수 없는 변주에도

잠시 호흡을 가다듬고

쉼 없이 춤을 이어간다

저무는 해와 저무는 달과

인사하는 아침과 작별하는 아침

흩어지는 밤과 흩어지는 밤

속닥속닥

둥실 떠 있는 솜 뭉텅이
하늘색 진짜 하늘색을 머금은
솜 뭉텅이 속에서
우리는 세상의 말로를 지켜보다가
고장 난 사람들의 마음을 꺼내어
고쳐 주자
실바람을 꿰어
요철 난 마음을 꾹 눌러 담아
반듯하게 서로를 이어주자
바람따라 꿰맨 자국을 내밀며
서로가 서로를 확인시켜 주고 끝에서
                              끝에
서 있는 사람은 우리가 잡아 주자고
－－－－－－－－－－

그렇게 뭉텅이가 점점 커지면
우리가 머금은 푸름을 세상이 가지게
비가 되어 떨어질거야

구름 한 점 인사하는 하늘 속에서

쓰는 진짜 다정한 서사

어깨뼈

내 육신에
날개가 돋아나
시퍼런 하늘을 날아가게 둘 순 없나요

하늘이 연회색을 띠며
점차 어두워지다가
꿈뻑대던 눈은 가로등 불을 쫓으며

"영혼이 어깨뼈에 갇혔다!"
"영혼이 어깨뼈에 갇혔다!"
"영혼이 어깨뼈에 갇혔다!"

꿈틀대는 쓴뿌리
그들의 거센 항의에도

어깨뼈는 단호합니다

몸을 두고 멀리 갈 순 없어요

이토록 꽃을 사랑하는 사람은 지금 어디 있나요?

할미꽃

이 찬 눈밭에
몸져누운 꽃
어지간히 추운
겨울에 어수룩히
피어 낸 할미꽃을

가만히 서서
바라보는 우리 할미

내 품 따뜻하게
데워 놓을 테니
찬바람에
몸져눕지 말아요

돌아보면
후회뿐일
눈밭을
쓸어 놓을 테니

손 꼭 맞잡고

몇 발자국

더 같이 걸읍시다

무한의 요람

총총 별이 떨어지는 밤이에요

포근한 밤을 안았더니
둘러 잡았던 손의 품이 떠올라요

가냘픈 밤바람이 창을 두드리니
등을 토닥이던 소리의 간격이 떠오르네요

금방이라도 쏟아지면 어떨까,
나에게로 쏟아지면 어떨까 하는
그리움을
여기,
이 밤이 알고 있나 봐요
그래, 별이 떨어지는 밤이
알고 있대요

무한의 요람 2

지쳐 버린 한 사람이 말했습니다
가로저어 너를 사랑하는 사람에서 빼었다고

주기만 하고 받지는 못해서
흰해진 마음을 드러내 보이며
뺨을 빛내고 서 있어요

빗진 과거의 행복들이 바로 뒤에 쫓아오는데
이제 와 받은 사랑들을 돌이켜보니
고개가 무거워서 쳐다보지도 못하겠어요
그대로 푹 숙인 고개를 들 수도 없고
쫓아오는 행복에게 건네줄 사랑의 여유도 없으니

내가 지쳐 버린 사람을
등지고 서는 방법밖에는요

지금 나를 빼낸 그 자리에
포개져 있는 사랑 얘기를 조금은 전해 들었어요
무관심하고 염치없는 내 얄팍한 사랑보다
분명, 보다… 높고 높게 깊고 깊게

당신을 범람하기를요
앞으로 얼마 남지 않은
모든 당신의 시간에 닿아 있기를

무한의 요람 앞에서는
언제나 턱없이 부족했던 사랑을 다 꺼내어서

받지 못한 사랑에
슬퍼 울지 말고
쉴 새 없이 행복하게 웃기만 해요
사랑해요

잠식

분명 처음에는 맑고
푸르던 잎이었을 거다
이슬에 좋아하는 푸른색을
선명히도 담아냈겠지

알지 못했던 순간부터
아주 조금씩 조금씩
갉아먹어지고 또 갉아먹어지고
아주 천천히 천천히
갉아먹어지고 또 갉아먹어지고

푸른색보단 헛헛한 하늘을
담아내기 시작한 잎사귀의 자리였다

하나, 둘
순서 없이 생겨난 생채기들은
어느새 커다란 구멍이 되었지만
더 이상 붙어 낼 자리가 없어진 푸른색은
낯부끄러운 구멍들이 창피했고

누군가가 보면 볼품없어 보일지도 모르는
그런 푸른색이 되어 있었다
가령 그 창피한 구멍들이 다른 이에
배를 채워 주었다고 한들

알 수 없이 생겨난 구멍들
사이로 지나가는 바람들에게
위를 잠시 올려다보는 사람들에게
설명할 수 있을 리가 없지 않을까

그럼에도 불구하고
잎자루를 꼭 붙들고선
바람에 허덕이는 잎사귀들이 있다

생겨난 빈 공간들이
푸른색보다 수천 배나 밝은
햇빛을 투영해 낸다
까마득한 밤하늘을
비추어 보인다

마구잡이로 생겨난 그 구멍들이

때때로 갖지 못할 거 같았던
색을 갖게 해 주고
커다랗던 빈 공간들을
상상조차 할 수 없던 것들로
채울 수 있다는 것을 알기 때문에
잎사귀들은 맹랑히도 흔들린다

세차게 인사하는
구멍 난 잎사귀들

양무리 교회

도토리골 944번지에는
개 여러 마리, 닭 여러 마리, 고양이 여러 마리
토끼 여러 마리, 오리 여러 마리가
뒤뜰에 살았고 그 옆에

개 죽을 쑤던 아궁이와 여러 채소들도
있었다

까치가 쪼아서 떨어진 무화과들을 피해
옆으로 돌아서면 작은 창을 통해
그득한 시래기국 냄새가 퍼진다

높은 문턱을 딛고 문을 열어서
왼쪽으로 방을 지나, 방을 지나

시래기국, 갈색 단무지 장아찌,
빨간 콩나물 무침, 검정 콩자반
배추김치, 멸치볶음, 흰 쌀밥, 그리고
재래김 하고 간장, 할머니가 발라 주던 흰 생선

한 상 가득 차려진 식탁 앞을 찾아갔다

셋이 마주했던 그 시간을
도토리골 944번지 양무리 교회를 찾아갔다

수제비 국

밀가루를 덧댄 손을 비비면
이도 저도 아닌 덩어리들이
질겅질겅 떨어져요
손때가 까맣게 들어
지저분해진 반죽을 수제비라며
건네주면 주름을 굽히며 말리고
나는 꺄르륵 웃어요
애호박 숭숭 썰어 넣고

내가 좋아하는 감자 깍둑 썰어서
많이 많이 넣어서
하얗고 따수운 수제비 국이 만들어졌습니다
그때 수제비를 뜨문뜨문 떼어내던 손을
아직도 기억해요
그때 그 따뜻함이 가시기 전에
기억을 들이킵니다

사랑하는 ○○○

내 동네 쏘다닐 때
울 엄마 손 잡고 다닐 때
엄마, 울 엄마 ○○엄마
이름은 없고
동네 아줌마들은 내 이름으로 울 엄마를
불렀다
나도 엄마를 엄마로 부르는데
우리 집 강아지는 말을 못 하니까
왕왕거리는데
울 엄마 이름은 누가누가 불러주나

엄마가 내 나이 때
젊음을 쏘다닐 때
엄마는 온전히 자신이었겠지
내 이름을 업어서
사는 동안
숨어 버린 엄마 이름을
내가 찾아주어야지
저어 멀리 가 버리기 전에
왕왕거리는 강아지에게도

동네 아줌마들에게도
알려줘야지
○○엄마가 아니라
사랑하는 누구누구예요
사랑하는 ○○○이에요

아직도 내가 살아 있다는 것

어릴 적에 할머니 무릎 베고 차를 타고 가면
창밖에 밤은 쌩쌩 지나가는데
얼마를 가도
지나가지 않던 달이 궁금해서 물었어요

"할머니 달이 자꾸 왜 우리를 따라와요?"

그때 할머니는
뭐라고 답하셨을까요
제 기억에 남은 것은
할머니의 웃음입니다

오늘은
문 달이 너무 크고 이뻐서
따라오는 달에게 너무 감사했어요
달이 나만 따라와서
할머니가 못 볼까 봐
걱정이지만요

오늘 할머니도 이쁜 달이 잘 따라다니고 있나요?

나는 달그림자에 적어 두고 싶어요
무릎 베고 지나쳐 온 많은 밤들을
달이 나 따라오느라고 도망가더라도
길게 뉘어진 달그림자에
별자루를 탈탈 털어서
밝게 내려 쓴 글자들을
적어 두고 싶어요

할머니,
지난 밤들 동안
나를 사랑해 줘서
지켜줘서
덕분에

나는 지금 온전해요
여전히 달이 나를 따라와요 할머니

민들레

우리 집 뒤 민들레가 피었다
새까마안 내 눈동자 보며
사랑 어린 시선을 주는 이가 있었다

그 어린 시절 지나
어느새

세월이 서려…

우리 집 뒤 민들레가 피었다
어여쁜 노란색을 보면
사랑스러운 웃음이 떠올라서
마음으로 그려 보았지

세월이 서려도
여전히 밝은 모양새였다
어여쁘다, 어여쁘다

우리 집 뒤 민들레는 참 어여뻐서
홀씨가 되어 날아가는 것에
미련이 남는다

주황색 지붕 집

산언저리 주황색 지붕 집을 가야 합니다
거기서 참사랑이 키워졌어요

비밀 없는 두꺼비들이
골짜기를 오고 가고요
괜히 목이 길어서
노란 눈물 흘려대던 애기똥풀이
인사합니다

바람 자락 잡고 온 흙냄새는
넙데한 할아버지 등판에서 맡을까요

예배 마치고 가로등 빛 하나 없는
골짜기를 달빛 등 삼아
오돌토돌 올라가던 발자국
이미 깼다지만 두 눈 질끈 감고
몇 시라도 그 등에 더 업히길 잘했습니다
할아버지를 닮아 툭 튀어나온 눈썹 뼈
눈 꾹 감는다고 생겼을 주름을

당신들은 다 알았지요

허공에 나풀대던 작은 손을 모른 채 꼭 잡아 주던
온기를
보따리째 챙겼습니다
슬픔만 우후죽순 싹트는
나의 집은
버리고

주황색 지붕 집에 돌아갈까 봐요

시간이 지남에 따라
담쟁이 넝쿨은 파란색 간판을 삼켜 버렸겠지요
두꺼비가 굴굴대며 말하던
우리 집이 없어졌다는 말도
상관없어요

나는 가야 합니다
가을비 내리는 밤
처마 밑에 눈물 자국 모아 놓고

보고싶다
보고싶어
밤 아래 숨어서
꼬박 우는 밤

참사랑의 본에서 나는
그림자 하나뿐이에요

당신들 없는 골짜기
이번엔 밤이 모른 체 해 주려는지
빛 하나 얼굴 드리우지 않네요

어깨가 무거우니
잠시 보따리 놓고 쉬다 가렵니다
이번에도 두 눈은 질끈 감고요
눈썹 뼈 사이 주름을 만지면
골짜기를 올라가던 자갈길에 서 있어요

산언저리 주황색 지붕 집에서
당신들은

참 오래도록

참 사랑을

키워 내네요

네모난 우산

동그라미 우산이 말했습니다

동글동글 빗방울이 떨어지는 날
삐쭉 튀어나온 손이
참, 바보 같아

뾰로통 나온 손에 소매 끝은
자꾸만 젖어도
맞잡은 손에 깍지를 꼈습니다
그리고 말했습니다

바보 같은 건 동그라미 우산이야
네모난 우산은
빗방울이 떨어져도 우리가
축축해지지 않을 텐데

외로움을 사 간 사람에게

거미줄 위 장례식

시간의 끝에 다다른
거미는
달이 비추는 거미줄에
걸리는 그림자가 하나 없대

시간이 얼마 남지 않은
거미는
얽히고설킨 거미줄을 따라
수많은 다리로 시간을 짚다가
어쩌다 걸려든 먹잇감에게
말을 건네기로 했어

어차피 내가 너를 먹어도
나는 곧 죽으니
내 말을 기억해 줘
내 말을 기억하고
나를 기억에서 살게 해 주렴
친구 하나 만들 수 없는 집을 가진 나는
너무나 외로웠어
너의 조그만 날개로 세상을 날 때

줄 위를 맴도는 거미를 보며
참 외롭겠구나 해도
그렇다 해도 가까이 가진 말고
그냥 그저 외로웠겠구나 하고
나를 기억해 주렴

하나둘씩 접히는 다리가
다 오므라지는 동안
거미는 찬찬히 말을 했어
이젠 됐다고,
돌아갈 수 없는 집에 들어왔지만
어서 돌아가라고 돌아갈 수 있는 집으로
돌아가라고

정박

차갑게 터지는 물 알갱이가
땅 위에서 금세 식어갈 때
막 발에 땅을 디딜 때
오늘 불운한 나의 마음이
내일은 굳어진 슬픔이 되리라고 하며
닻을 내린다

하늘이 바다의 색을 열심히
어둡고 깊게 또 짙게 물들일 때
닻을 내린 땅이
마음을 딛고서
한탄스런 절규를 떠안는다
고집스러운 일렁임은
보이지도 않는 곳으로
영영 마음을 떠내려 보내겠고
끌려가는 마음을 찾으러
바다에 빠지지도 않을 것이다

막 땅에서 한 걸을 뗐을 때에는
저 멀리 보았다

마음을 빠트린 바다를

내일의 고요한 바다에게

슬픔이 굳어지길 바라기보다

부서지더라고 감당 못 할 사랑을

건지기를

내리는 것은

오직 닻뿐이기를

바라며

담담한 위로

단단한 바위는
줄곧 아무 말도 없었다

가끔은 말 없는 적막이
숨 벅찼던 하루를
잔잔하게 달래주는 거 같아

바위에 기대어 잠시
숨을 돌려 보니

복잡한 상황 속에서
구겨진 얼굴을 하며
머리를 감싸 안는
그런 하루를 보냈는가

말 없는 바위는 담담한
위로를 건넨다

그대로 눈을 감고선
잠을 청하면

아무 소리도 듣지 않고
아무 생각도 하지 않고
곤히 숨을 내쉬며

포근한 꿈을 꿀 것만 같아서
깊숙이 앉아 머리를 기댔다

내 글

아무도 없는 방에서
누구에게도 해를 끼치지 않는 방에서
감정의 재를 태운다
방 안 가득 연기가 자욱해지고
서서히 슬픔이 태를 이룬다
본태가 드러나면
엎드려 울고 있는 글을 발견한다
글은,
나를 태운다
나의 슬픔에 불을 지핀다
잠시 타올랐다가 수그러지는 재처럼
결국 차갑게 부서져 쌓아진다
나의 방에서 내가 가장 잘하는 것은
우울이다
혹여나 진득하고 눅눅한 방에
우울이 당신에게도 전해졌는가
시도 때도 없이 슬피 우는 글을 쓰는 것이
나의 방에서 내가 가장 잘하는 것이다

잿더미를 밟고서 글 밖에 내가 웃고 있는 것은
당신에게 내가 기쁨인 이유인 것이다

누가와 그렇게

언제는 누가 나에게
가진 건 쥐뿔도 없으면서
그렇게 살아도 되냐고 했다
그렇게 사는 건 뭔데라고 해 봤자
누가는 그렇게밖에 몰랐고
나는 사는 걸 몰랐다
그래서 나는 짐을 챙겼다
누가가 말하던
쥐뿔이 혹시나 짐이라면
나는 쥐뿔도 있긴 있었고
누가밖에 없는 줄 알았던 세상은
그렇지 않았고
이렇게와 저렇게 그렇게 -게-게-게
끝없이 -게처럼 사는 것도
대충은 알게 되었다
없는 사람과 있는 사람이
존재했지만
쥐뿔도 없는 것과
그저 없는 것의 차이는
아직 모르겠고

내가 있는 것은 남이 없었고

남이 있는 것은 내가 없었다

그래서 있음과 없음의 차이도

어쩌면 모두가 조금 비슷하다고 생각했다

누가와 나도 마찬가지였겠지만

누가는 그렇게 나는 그냥 사는 게였으니까

지금도 사실 잘은 모르지만…

나는 그렇게

누가 말처럼

쥐뿔이 여전히 없을지도 모르지만,

찾고 싶지도 않고

갖고 싶지도 않다

무엇도 되지 않았고

무엇이 되고 싶지도 않다

나는

사는 것을 알고 싶다

웃으며 사는 것을 알고 싶다

사랑받고 사는 것을 알고 싶다

나를 잘 보살피며

걸을 때 씩씩하게 걷고

잘 사는 것을

다른 내가에게

내가 누가 된다면

꼭 말해 줄 수 있게

그게 먼저여야 이렇게든 저렇게든

사는 거라고

노란 집

노란 벚드는 4층짜리 빌라에서
보통의 시간은

이사를 자주 다니고
학교가 계속 바뀌고

주기적으로 손등에 수액이 꽂혀
몸에 수액이 다 흡수되기도 전에
누군가가 셈하는 보험금 때문에

친구들은 제주도로 수학여행을 가는데
나는 알바를 가야 하고
누가 떠나 버려서

40만 원을 줬다 뺏었다 하는
얄궂은 어른이 선생이라며

내려가서 1층을 창문이 바깥으로
나 있는 원룸
곰팡이 좀 난 내 집

거기는 노란 볕이 희미해서
내가 보이지도 않았다

바깥에서 나를 고심하던 이는
낮은 창 너머에 나타나지 않았다

그리고 다시 3층짜리 빌라로 올라와서

목이 졸리고 비명소리가
칼 같을 때
그때 경광등이 불빛이 비췄지
흉기가 있어야만 범인을 잡을 수 있어서
그동안에 멍 같은 것들은
증거가 되지 않으니까
살려 주세요 라는 외침 같은 것이
흉기가 된다면

그렇게 내 목에 때가 지었다
길고 조금 뜨문뜨문한

지워지지 않는 때가 있어

이사를 자주 다니니까 친구들이 없어서
수액을 맞은 자국이 선 같은 흉터가 되어서
수학여행을 가고 싶던 나에게 40만 원을
줬다 뺏은 선생이 있어서
나를 목 졸랐던 사람이 있어서
그 와중에 누구는 집을 나가서

나의 알맹이 같은 것들
나를 창피하게 다그치는 일들
괜스레 목을 닦게 되는 일

남들 다 있는 과거가 흠뻑 묻은 길이
아무리 큰 천으로 덮어도
도무지 다 덮어지지 않으니까
창밖에 세찬 바람이 불기라도 하면
기어이 내놓아지고야 말거든
누구도 궁금하지 않은 아픔이거나
누구나 아프기 때문에 찡그려질 사실들

재는 지천이 다 썩어 문들어졌던데
알맹이가 쟨 저거뿐이야 할 거 같은데

그래도
나
까만 속은
웅크려야 보일 만한 곳에 숨겨 두었어
그동안
노란 볕에 나를 열심히 가져다 놨어

쾨쾨한 냄새는
따뜻한 볕에 잘 말리면
다 없어질지도
모르잖아
다 죽어 버릴지도

주변이 웅성한 시간에도

양치를 하고 세수를 하고 누워
핸드폰을 보는 시간에도

그런 보통의
시간에도
노란색 커튼이 쳐진 4층
우리 집에서 나는

괜스레 목을 만져 보고

때 묻은 자리가 아직 더러 보이는 거 같다고
길고 뜨문뜨문한 검은 색

내일은 다시 보통의
하루겠지만

하얀 벽지에서 들리는
살려 주세요는
노란 커튼 뒤로 투영되는
빛 같은 따가움의 고통

그것을 아직도 종종 느끼는 나는,
아린 속을 사람 틈으로 숨겨서 살아가
흘리지 않게 조심조심

조금은 다른 4층짜리 원룸에서
노란색 커튼 집에서

잘 자

사람을 쉬지 않고 만나는 나

아아 피곤해
일하고 사람
일하고 사람 일하고 사람
쉬고 사람 쉬고 사람
일하고 사람 일하고 사람

그래, 사람
나는 사랑을 받고 싶어

언제든지 부대껴서
끼어서 사랑에 끼어 버려서

발목에 족쇄가 채워져서
떠나 버리지도 못하게

사람 곁을 떠나지 못하게
아무도 없는 내 집

나만 있는 내 집
죽어 버릴까 싶어도

길게 여기저기 엉켜 있는 족쇄들이
철커덕 철커덕 소리를 내면서

내 글을 읽는 누군가들 사랑해 하고 말한다
당신들과 엉켜 있는 나는 잠시 혼자 있어도

일하고 사람 쉬고 사람 하면서
외로움을 사람 삼을 수 있지

그림자 뒤켠으로 보내서
아닌 척할 수 있지

아무도 없는
내 집에

발목이 질경질경 소리를 내며
고독을 오독오독 씹어도

이불을 목 끝까지 올려놓고
내일을 기다린다

둥둥 떠다니는 얼굴들
안녕
모두 잘 자

서둘러 하는 인사

외로움을 사 간 사람에게

내 시가
당신에게
나 외로웠다고
알겠느냐고 말을 거나요?
귀 가까이 들리는 호흡이
당신일지도 나일지도
모르면서 우리는 아니, 나는
키보드질을 멈추지 않아요
병일지도 모른다며
하루에 죽음을 몇 번씩 생각하는지
스스로 되묻는 조금 어색한 진찰
그것이 자아 성찰이라면
나는 무어라 대답했겠는가요

마음은 대답에 성실하지 못하고
침묵이 금인 양
깨물면 깨무는 대로
패일 거면서
침묵을 껴안고 타닥타닥
손가락을 대신 태우면서

지금 소리는 키보드질 소리라서
대답으로 치긴 어렵다만
이것은 말을 거는 모닥불이라고

그 앞에 어쩌면 우리의 호흡
또는 나만의 호흡
거기서 또 묻는 질문들에
당신은

제가 많이 외로워 보이나요?
그래서 소리 내어
알겠다고
답하실 수 있나요?
글 밖에 당신은
저에게

겨울연가

뜨개질의 질감이 날로 포근해지는 이 겨울에

나는 감은 눈 위로 흩어지는 간절한 숨들을
뱉어 봅니다

나를
혼자
두었던 겨울이 있었어요

집을 버리고 살겠다
도망치던 회색빛 고양이를
끝끝내 따라갈 수 없었던 겨울에도 저 는

혼자
였습니다

설날에 가족들 품은 무엇이었는가
허공에 대고 얘기하던 밤은요
그날도 저 에겐
밤

뿐이었어요

집이 그저 따뜻한가요

오롯하게 혼자였던
폭력의 시간은
무심하게 생을 갉습니다
뽑으려고 안간힘을 쓰면서요
그러면 나 는
살아서 살아서
이 앞에 뭐가 있다고
지나가면 뭐가 있다고 살아서

그래도 결국은 살아서

집을 뛰쳐나올 때
웅크리고 멍이 찬 몸을 가진 나를
모른 척하지 않아 준
손가락 길게 뻗어 같이 가자 일으켜 준
이들을 만났어요

흰 마음들이 모여 백지를 만들고
없어질 뻔한 나를 선명하게 붙들어 줘서

그렇게
혼자
인 시간에서
나 는
도망친 고양이의 뒤를
늦게나마 쫓았어요

회색빛이 아닌 생을 가지고선
아파 보이는 그림자를 챙기고선

마침내 그 겨울을 났습니다

집이 따뜻한가요
두툼하고 포근한 목도리에 얼굴을 묻는 것처럼

마음에 걸린 사람들이 지금 입은 외투만큼
길어졌어요

쟈크를 내리면 사랑이 와글와글
떨어질 거 같은
따뜻함을 이제는 알아요
고맙습니다

사랑하는 사람들

우리는 결국 언제나 살아서
이 앞에 따뜻한 겨울을 같이 보내요

몸이 찬 사람은 없이
멍 난 사람은 없이
둥글게 둥글게 모여서
감은 눈 위에 수시로 떠올라 주세요

들이마시고
뜬 눈 위로 보내는
밤이 밝습니다

그래놀라를 먹으면서

작은 머리로
고심하고 고고심해서
고쳐 쓰고 고고고고쳐
적어 낸 내 시들

다른 머리로
들어가서

잘 씹고 넘겼는지
돌 씹고 뱉었는지

우물우물
우물우물

글을 읽고

우물우물
우물우물

머리뼈에 귀를 대면

우물우물
우물우물

소리가 날 것 같은데

그래놀라 맛있다

내 시는 어떻게 먹었을지

궁금하다
정말 궁금해

묘-한 화원을 닫으면서

묘-하다
싶은 공간에 머물러 주셔서
감사합니다

대략 3년간 중구난방으로 쓴 시들을
꽃말로 모은다는 생떼를 부려서
얼렁뚱땅 묘-한 화원을 열었습니다

어떤 글은 좀 유치하고 어떤 글은
좀 잘 쓴 거 같은데?
콱 엎어 버릴까!? 싶었던 조급한 날들을 보내며

(꽃으로 쓴 글이 저버리진 않겠다만요)

엉성하고 유치하다지만
여러분께 건네고 싶던 마음을
크게 꾸었던 게 용기가 되었나 봐요

처음 펴내 본 글들이 쑥스럽긴 해도
눈 붙이고 끝까지 머물러 준

여러분들에게

저는 여러분을
사랑한다 말하고 싶습니다
특히나 곁을 떠나 멀리멀리 계신 할아버지와
그렇게 멀리는 아니지만 조금 멀리 계신 할머니는
특별히 더, 더 많이 사랑한다고도 말하고 싶습니다
앞으로도 글은 더 사랑할 거고요
그저 사랑하는 것을 사랑할 것입니다

그렇기에 다음 묘−한 화원은
'사랑을 사 간 손님'에게로
돌아오겠습니다

그럼,

닫힘 팻말을 열림 팻말로 바꿀 때까지
사랑하는 여러분 안녕히!

묘-한 화원

[닫힘]

묘한 화원

© 김송이, 2023

초판 1쇄 발행 2023년 2월 14일

지은이   김송이
그린이   김송이
펴낸이   이기봉
편집   좋은땅 편집팀
펴낸곳   도서출판 좋은땅
주소   서울특별시 마포구 양화로12길 26 지월드빌딩 (서교동 395-7)
전화   02)374-8616~7
팩스   02)374-8614
이메일   gworldbook@naver.com
홈페이지   www.g-world.co.kr

ISBN   979-11-388-1623-6 (03810)